KB096340

자두나무 정류장

자두나무 정류장

박성우 시집

창비

차 례

제1부 ___

바닥 008

배꼽 010

노루 발자국 011

목젖 012

옛일 013

어떤 통화 014

말랭이집 015

어떤 품앗이 016

이팝나무 우체국 018

고라니 020

자두나무 정류장 022

나흘 폭설 024

물까치 026

목단꽃 이불 028

배꼽 2 030

닭 031

일소 032

별말 없이 034

필봉 굿판 036

제2부 ___

돌밭 048

밤비 049

쓸쓸한 접촉 050

유랑 051

맛있는 밥 052

오리알 053

배꼽 3 054

소낙비 056

누에 2 058

소똥 060

해바라기 씨(氏) 062

감나무 064

참깨 차비 066

설을 쇠다 068

닭값 069

선지개떡 070

보살 072

애호 074

봄날 가고 봄날 온다 075

딸의 아들 076

제3부 ____

신혼가구의 힘 080
어쩌다 082
밥벌이 083
밥그릇 084
입하(立夏) 086
마늘밭 088
풀 090
살구나무 변소 092
염소고집 094
산사(山寺) 095
고라니뼈 096
그물 098
중닭 100
풀 잡기 102
홍원항 103
해바라기 2 106
종점 108

해설 | 하상일 109
시인의 말 126

제1부

바닥

괜찮아, 바닥을 보여줘도 괜찮아
나도 그대에게 바닥을 보여줄게, 악수
우린 그렇게
서로의 바닥을 위로하고 위로받았던가
그대의 바닥과 나의 바닥, 손바닥

괜찮아, 처음엔 다 서툴고 떨려
처음이 아니어서 능숙해도 괜찮아
그대와 나는 그렇게
서로의 바닥을 핥았던가
아, 달콤한 바닥이여, 혓바닥

괜찮아, 냄새가 나면 좀 어때
그대 바닥을 내밀어봐,
냄새나는 바닥을 내가 닦아줄게
그대와 내가 마주앉아 씻어주던 바닥, 발바닥

그래, 우리 몸엔 세 개의 바닥이 있지

손바닥과 혓바닥과 발바닥,
이 세 바닥을 죄 보여주고 감쌀 수 있다면
그건 사랑이겠지,
언젠가 바닥을 쳐도 좋을 사랑이겠지

배꼽

살구꽃 자리에는 살구꽃비
자두꽃 자리에는 자두꽃비
복사꽃 자리에는 복사꽃비
아그배꽃 자리에는 아그배꽃비 온다

분홍 하양 분홍 하양 하냥다짐 온다

살구꽃비는 살구배꼽
자두꽃비는 자두배꼽
복사꽃비는 복숭배꼽
아그배꽃비는 아기배꼽 달고 간다

아내랑 아기랑
배꼽마당에 나와 배꼽비 본다

꽃비 배꼽 본다

노루 발자국

사흘 눈발이 푹푹 빠져 지나갔으나
산마을 길에 찍힌 건, 노루 발자국이다

노루 발자국 따라 산에 올라갔으나
산마루에서 만난 건, 산마을이다

아랫녘 산마을로 곧장 내려왔으나
산마을에 먼저 당도한 건, 산이다

먼 산을 가만가만 바라보았으나
손가락이 가리킨 건, 초저녁별이다

초저녁별이 성큼성큼 다가왔으나
밤하늘에 찍힌 건, 노루 발자국이다

목젖

평소엔 그냥 목젖이었다가
내가 목놓아 울 때
나에게 젖을 물려주는 젖
젖도 안 나오는 젖
같은 젖,
허나 쪽쪽 빨다보면
울음이 죄 삼켜지는 젖
무에 그리 슬프더냐, 나중에
나중에 내가
가장 깊고 긴 잠에 들어야 할 때
꼬옥 물고 자장자장 잠들라고
엄마가 진즉에 물려준 젖

옛일

한때 나는, 내가 살던 강마을 언덕에
별정우체국을 내고 싶은 마음 간절했으나

개살구 익는 강가의 아침 안개와
미루나무가 쓸어내린 초저녁 풋별 냄새와
싸락눈이 싸락싸락 치는 차고 긴 밤,

넣을 봉투를 구할 재간이 없어 그만둔 적이 있다

어떤 통화

　강남고속버스터미널에서 정읍행 고속버스에 몸을 싣는
다 버스에 오르고 보니 어딘지 모르게 닮은 노인들 몇만 듬
성듬성 앉아 있다 안전벨트 안허면 출발 안헐 팅게 알아서
들 허쇼잉, 으름장 놓던 버스기사가 운전대 잡는다

　차가 출발하기 무섭게 휴대전화 소리 들려온다 어 닛째
냐 에미여 선풍기 밑에 오마넌 너났응게 아술 때 쓰거라잉,
뭔 소가지를 내고 그냐, 나사 돈 쓸 데 있간디

　버스는 시큰시큰 정읍으로 가고, 나는 겨울에도 선풍기
하나 치울 곳 없는 좁디좁은 단칸방으로 슬몃슬몃 들어가
본다

말랭이집

말랭이집 슬레이트 지붕이 빨갛다
말랭이집 돌담 단호박이 빨갛다
말랭이집 마당 끝물 고추가 빨갛다
말랭이집 할매 기침소리 바삭바삭 하얘서
말랭이집 마당가 장두감이 말랑말랑 빨갛다

어떤 품앗이

　구복리양반 돌아가셨다 그만 울어, 두말없이
　한천댁과 청동댁이 구복리댁 집으로 가서 몇날 며칠 자
췄다

　구년 뒤, 한천양반 돌아가셨다 그만 울어, 두말없이
　구복리댁과 청동댁이 한천댁 집으로 가서 몇날 며칠 자
췄다

　다시 십일년 뒤, 청동양반 돌아가셨다 그만 울어, 두말
없이
　구복리댁과 한천댁이 청동댁 집으로 가서 몇날 며칠 자
췄다

　연속극 켜놓고 간간이 얘기하다 자는 게 전부라고들 했다

　자식새끼들 후다닥 왔다 후다닥 가는 명절 뒤 밤에도
　이 별스런 품앗이는 소쩍새 울음처럼 이어지곤 하는데,

구복리댁은 울 큰어매고 청동댁은 내 친구 수열이 어
매고

한천댁은 울 어매다

이팝나무 우체국

이팝나무 아래 우체국이 있다
빨강 우체통 세우고 우체국을 낸 건 나지만
이팝나무 우체국의 주인은 닭이다
부리를 쪼아 소인을 찍는 일이며
뙤똥뙤똥 편지 배달을 나가는 일이며
파닥파닥 한 소식 걷어오는 일이며
닭들은 종일 우체국 일로 분주하다
이팝나무 우체국 우체부는 다섯이다
수탉 우체국장과 암탉 집배원 넷은
꼬오옥 꼭꼭 꼬옥 꼭꼭꼭, 열심이다
도라지밭길로 부추밭길로 녹차밭길로
흩어졌다가는 앞다투어
이팝나무 우체국으로 돌아온다
꽃에 취해 거드름 피우는 법 없고
눈비 치는 날조차 결근하는 일 없다
때론 밤샘야근도 마다하지 않는다
빨강 우체통에 앉아 꼬박 밤을 새우고
파닥 파다닥 이른 아침 우체국 문을 연다

게으른 내가 일어나거나 말거나
게으른 내가 일을 나가거나 말거나
게으른 내가 늦은 답장을 쓰거나 말거나
이팝나무 우체국 우체부들은
꼬오옥 꼭꼭 꼬옥 꼭꼭꼭, 부지런을 떤다

고라니

산마루 넘어가던 눈발들이
그만 쉬어가자 쉬어가자,
산마을에 든다

더는 못 가겠다고
절벅절벅 주저앉는 눈발들

가쁜 숨을
가쁜 걸음걸음을
산마을에 부린다
하루 건너 사흘 나흘 닷새
길은 끊기고

밤새 고라니가 다녀갔다

똥글똥글
콩자반 같은 똥을
상사화 지던 처마 밑에

찔끔 누고

무청도 언 배춧잎도
없는 사내의 집을
순하게 다녀갔다

까마득 고픈 눈빛만
말똥말똥
까맣게 두고 가서

눈발도 그만 순하게 지나갔다

자두나무 정류장

외딴 강마을
자두나무 정류장에

비가 와서 내린다
눈이 와서 내린다
달이 와서 내린다
별이 와서 내린다

나는 자주자주
자두나무 정류장에 간다

비가 와도 가고
눈이 와도 가고
달이 와도 가고
별이 와도 간다

덜커덩덜커덩 왔는데
두근두근 바짝 왔는데

암도 없으면 서운하니까

비가 오면 비마중
눈이 오면 눈마중
달이 오면 달마중
별이 오면 별마중 간다

온다는 기별도 없이

비가 와서 후다닥 내린다
눈이 와서 휘이잉 내린다
달이 와서 찰바당찰바당 내린다
뭇별이 우르르 몰려와서 와르르 내린다

북적북적한 자두나무 정류장에는
왕왕, 장에 갔던 할매도 허청허청 섞여 내린다

나흘 폭설

폭설이다
버스는 나흘째 오지 않고
자두나무 정류장에 나온 이는 자두나무뿐이다

산마을은 발 동동거릴 일 없이 느긋하다

간혹 빈 비닐하우스를 들여다보던 발길도
점방에 담배 사러 나가던 발길도
이장선거 끝난 마을회관에 신발 한 켤레씩을 보탠다
무를 쳐 넣고 끓이는 닭국 냄새 가득한 방에는
벌써 윷판이 벌어졌고 이른 낮술도 한자리 차고앉았다

허나, 절절 끓는 마을회관 방엔 먼 또래도 없어
잠깐 끼어보는 것조차 머쓱하고 어렵다 나는
젖은 털신을 탈탈 털어 신고 다시 빈집에 든다

아까 낸 눈길조차 금시 지워지는 마당,
동치미 국물을 마시다 쓸고 치직거리는

라디오를 물리게 듣다가 쓴다 이따금
눈보라도 몰려와 한바탕씩 거들고 간다

한시도 쉬지 않고 눈을 쓸어내던
싸리나무와 조릿대와 조무래기 뽕나무는
되레 눈썹머리까지 폭설을 당겨 덮고 누웠다

하얀 어둠도 눈발 따라 푹푹 쌓이는 저녁
이번엔 내가 먼저, 긴긴 폭설 밤을 산마을에 가둔다
흰 무채처럼 쏟아지는 찬 외로움도 예외일 순 없다

물까치

매실주 우려낸 매실을 겨울 마당에 붓는다
삼십도 소주에 점벙점벙 담겨
쪼글쪼글 팅팅 불어터진 매실,
대설(大雪)을 넘겨서야 마당귀에 쏟는다
족히 한 포대 반이 넘는 매실을 쏟고 나니
마당 멀리서도 술냄새가 시큼시큼하다
허튼 거름으로라도 삭혀 쓸 요량이었으나
술냄새에 취한 내 콧속이 먼저 삭을 지경이다
한 사나흘 지나면 괜찮아지겠지, 여기는데
팽나무 가지에 몰려 사는 물까치가 몰려온다
두어 마리도 아니고 예닐곱 마리씩 와서
두리번두리번 쪼다가는 매실 하나씩 물고 간다
싸락눈이 싸락싸락 치는 밤이 오도록
물까치는 제집 드나들듯 우리집을 드나든다
문 열고 내다봐도 겁먹지 않고 쪼다가
매실을 채간다 나뭇가지에 앉아서도
물고 간 매실을 발톱으로 움켜쥐고 쪼아먹는다
눈발 치는 겨울밤 나기엔 한잔 술이 제일이지

시큼하고 단 매실주 한잔 생각나는 밤,
취기로 추위 견딜 물까치를 생각하니 맘 든든하다
물까치떼에게 술상 봐준 마음이 야릇하다
이틀 사흘이 가도 녀석들은 파닥파닥 날아온다
졸지에 나는 물까치를 알코올중독으로 몰고 가는가
진짜 취해 호기라도 부리는 건지
대놓고 내다봐도 아랑곳하지 않는다
팽나무 쪽으로 비틀비틀 겨우 날아가는 녀석도 있다
남은 매실을 묻어버릴까 말까 고민하던 차에
황조롱이 한 마리가 팽나무 물까치떼 쪽으로 내리꽂힌다

목단꽃 이불

산골짝 오월 밭뙈기가
빨강 분홍 목단꽃 이불을 덮고 있다
가만 들여다볼수록
어쩐지 촌스럽기 짝이 없어
아슴아슴 예쁜 목단꽃, 벙글벙글하다
엄니 아부지도 촌스럽게
저 목단꽃 이불 뒤집어쓰고
발가락에 힘을 줘가며 끙끙 피어났겠지
큰누나 큰성도 함박, 누이들도 나도 막내도 함박
시큼시큼 피워냈을 것을 생각하면
목단꽃을 한낱 촌스럽기 짝이 없는 꽃이라
함부로 말하면 안되겠구나, 생각하다가
목단꽃은 어째 더 촌스러웠으면 좋겠다고
어쩐지 더 더 더 촌스럽기 짝이 없었으면
좋겠다고 생각하다가
목단꽃 이불을 바짝 당겨보는 것인데
뻔한 세간 옮길 때마다 꾸려지던
목단꽃 이불은 언제 사라진 걸까?

가까운 오래전 명절 밤,

목단꽃 이불을 코끝까지 당긴 나는

툭 불거져나온 발의 개수를 가만가만 세어본다

배꼽 2

우리가 밥 배불리 먹고
배를 문지르는 버릇이 생긴 것은
(아니, 정확히 배꼽을 짚어
가만가만 쓸어보는 버릇이 생긴 것은)

엄마 뱃속에 있을 때 입이었던 배꼽을
여전히 입으로 착각하고 쓰윽쓱 닦아보기 때문이다

고플 때도 입이 아닌
배를(아니, 정확히 배꼽을) 만져보는 것 또한 마찬가지

닭

닭이 토란잎 그늘 맛을 알았다 토란대 사이를 누비고 다니다가 쬐는 햇볕 맛을 알았다 토란밭 고랑 옆에 돋기 시작한 시금치 맛을 알았다 하필 동리서 싸낙배기로 소문난 매죽할매네 아래텃밭이다 뉘 집 닭이 우리 밭을 다 조져놔부렀디야 흐흠, 시금치 씨앗을 두 번이나 뿌렸는데 하나도 남은 게 없다고 헛기침을 했다

닭을 닭장에 가둬 키우기는 싫고 그렇다고 농사를 다 조져놓았다는 말을 들음서까지 닭을 마냥 놓아 키울 수도 없고 해서 아침저녁으로 궁리하던 차에 닭은 잘 크냐고 전화 안부를 물어오는 부안 살구나무집 어머니께 암탉과 수탉을 보낸다 적적지 않게 말짓도 하면서 어머니 말동무나 하라고 닭을 보낸다

일어나라고 방문 앞에서 빡빡거리던 닭, 모이 주고 물 주고 밥벌이하러 나서면 내 꽁무니를 우르르 따라나서던 닭, 그만 따라오라고 그만 들어가라고 소리치던 아침도 같이 보낸다

일소

황순이는 이 마을의 마지막 일소다

재작년까진 세 마리였으나
작년에 두 마리로 줄었고
이제는 겨우 금수양반네 황순이만 남았다

이천십년 오월 열엿새 아침,
황순이가 산 아래 비탈밭을 간다
이랴이랴 자랴자랴 워워,
금수양반이 황순이 앞세워 밭을 간다

소는 눈도 눈이지만
민둥한 콧잔등 밑의 콧구멍이 참 크다
콧구멍이 시원시원 크다는 것은
몰아쉬어야 할 숨이 어지간하다는 것

느릿느릿 쟁기를 끌던 황순이가
거칠고도 뜨건 숨을 후후, 몰아쉰다

뒤따르는 쟁기꾼 금수양반도 후후,
일소와 같이 가쁜 숨을 비탈밭에 부린다

황순이는 여섯 배나 새끼를 놓은 암소다
황순이는 여덟 해째 논밭을 가는 일소다
이제는 늙다리라 기운이 예전만 못혀,

늙다리 금수양반은 정작 자기가
이 동네 마지막 일소인 줄도 모르고
황순이 앞세워 느릿느릿 비탈밭을 간다

별말 없이

윗집 할매네
밭가에 우거진 가시덤불을 일없이 쳐드렸다

그러고 나서 두어 날 집을 비웠는데
텃밭 상추며 배추 잎이 누렇게 타들어간다

일절 비료도 안하고
묵힌 거름으로만 키워 먹는 풋것인지라
내 맘도 여간 타들어가는 게 아니었는데,
내가 요소를 쪼깐 허쳤는디 너무 허쳤는가?
아깐디, 뭔 비료를 다 주셨어라

윗집 할매는 고맙다는 표시로 별말 없이,
내 텃밭에 요소비료를 넘치게 뿌려주셨던 것이어서
나도 별말 없이,
콩기름 한 통 사다가 저녁 마루에 두고 왔다

내 호박넝쿨이며 오이넝쿨이

윗집 할매네 부추밭으로만 기어들어가
여름 가을 내내 속도 없이 퍼질러댔지만

윗집 할매는 별말 없이,
비울 때가 더 많은 내 집을 일없이 봐주신다

필봉 굿판

1. 세한도(歲寒圖)

전라도 임실 필봉,

세한도 밤새 그린 붓끝이 희다

수묵에서 나온 촌로들이
싸리비로 거친 획 획획 그어 굿판 길을 낸다

입춘 가고 이레 지나 우수다

2. 동청 마당

논배미로 트인
동청 마당가에 화덕이 걸린다

늙은 아낙들은

장작불 사납게 일으켜
두부김칫국 남실남실 끓인다

큰 차 대절하여 내려온
도회지 사람이나
논마지기와 밭뙈기
죽자사자 부치는 농사꾼이나
삼색띠 몸에 두른 풍물잽이와
익살로 굿판 달굴 허드잽이,
어중이떠중이
몰린 곁다리들까지 섞여

뜨건 국물에
밥 한 주걱씩 말아 훌훌 넘긴다

3. 기굿

동청 마당에 세워놓은 깃발 속에는
발톱 날카로운 청룡이 날고 있다

깜장도포 나발수가 나발을 분다
벅적벅적 와자지껄 구경꾼 탓에
나발소리는 굿판이고 나발이고 도통 안 들린다

개갱 갱 갱 갱, 능란한 상쇠가
오진 어름굿으로 굿패 어른다
굿머리가락 야무지게 쳐대는 굿패들,
쇠잽이 징잽이 부들상모는
까슬까슬 붙는 바람 보들보들 털어내고
장구잽이 북잽이 소고잽이 고깔은
노랑 빨강 하양 꽃 덩기덩기 터뜨린다
뒤따르는 채상 소고잽이
종이 오리로 먼 산 휘돌아온다

농자천하지대본이 들썩들썩 펄럭이고
긴 장대 움켜쥔 청룡은 마을 위로 치솟아
석 잔 술에 삼배를 받는다

언죽번죽 깝죽깝죽 허드잽이들
거침없는 흥을 몰고 다닌다

4. 당산제

길굿 가락 타고
대포수는 껀둥껀둥
조리중은 왜틀비틀
양반은 허청허청
화동은 팔딱팔딱
할미는 깐닥깐닥
각시는 사뿐사뿐

창부는 출렁출렁
돌탑 봉긋한 당산나무에 닿았네
당전에 문안이요, 필봉 큰 어른이
술 올리고 축문 읊고 절 올리니
당산가지 잔설이 녹아내렸네
화동, 예히! 흥 취한 상쇠가
쟁맥 쟁맥, 부들상모를 돌렸네
풍물잽이도 허드잽이도 술잔 돌리던
잘름발이 총각도 뺑글뺑글 돌았네
시루떡 막걸리 명태포 문어발까지
오사게도 푸지게 나눠 돌리다가
발광난 구경꾼들 뺑글, 아주 돌았네

5. 샘굿

발목 푹푹 빠지는 눈길을
굿패 꽁무니 따라나섰는데요

고욤나무 감나무 개오동나무 대추나무
튼실한 밭두렁 아래 샘이 있었어요
아따 그 물 좋구나, 아 글씨 상쇠가
물 한 바가지 그득 퍼서는 내미는데요
알짱알짱 노는 대포수더러 마시라는데요
물바가지 얼결에 건네받은 대포수는
손사래를 치는데요 이놈의 샘굿 땜시
보름은 족히 앓겠다고 엄살을 떨더니요
마시는 척허다가는 화동에게 내밀고요
화동은 아까서 못 먹겠다고 할미를 찾았어요
오냐 잘되았다, 할미가 물을 받아드는데요
오냐 잘되얐어, 이 물 먹고 젊어져 시집가야겠다
할미는 벌떡벌떡 물 들이켜는 시늉만 허는디요
상쇠가 할미 흉내를 쇠가락 맛으로 받아치더니요
굿패 끌고는 샘을 빠져나갔어요
물을 왜 안 먹을까이, 샘에 내려가봤는데요
아 글씨 죽었다 깨나도 먹을 물은 아니드만요
지 아무리 콸콸 솟는 맑은 샘물도요

안 퍼내고 안 쓰면 고이고 썩는 법이라고요
아 긍게, 지아무리 잘 치고 잘 노는 굿판도요
안 치고 안 이어지면은요 말짱 헛것이랑게요

6. 마당밟이

야무진 풍물소리 먼저
돌담 위로 넘겨 넣은 굿패가
쥔쥔 문 여소, 상쇠는 집쥔을 부른다

돌담길 언덕배기집 처마 낮은 서까래는
들썩들썩 꺼져내릴 지경인데
갱 갱 갠지갱 개갱 갠지 갠지 갱,

기잽이 앞세운 상쇠는
쇠잽이 징잽이 장구잽이 북잽이 소고잽이
끌고 들어와 질퍽질퍽 마당굿을 친다

대포수 조리중 양반 화동 할미 각시 창부 뒤엉켜
벅신벅신 들어선 허드잽이들,
쌩글빵글 들썩들썩 마당을 쑤셔댄다

지신 성주신 조왕신 철륭신
헐 것 없이 안부를 물어감서
집 안 구석구석 복굿을 쳐댄다
실쭉샐쭉 기웃대던 액(厄)들이
액막이타령 한가락에 쌔근발딱 쫓긴다

7. 판굿

헛간 볏단 위를 거니는 고양이와
토방에 엎드린 백구의 눈이 반짝,
초저녁 굿마당으로 가는 길에는
외양간 암소가 있어
껌뻑껌뻑 보름달이 떠올랐다

필봉산과 여시밭동과
섬진강 물길로 열린 판굿 마당

판에 총총 닿은 사람들은
굿머리 채굿 호허굿
방울진 미지기영산굿 가진영산굿
뭔 굿이 뭔 굿이든지 간에 환장하고 덤빈다
참굿 노래굿 춤굿 등지기굿
수박치기 도둑잽이 탈머리굿
거침새 없는 풍물패도 날뛰는 구경꾼도

대보름 굿판이 아니라 대보름 살판이다

궁따 궁따, 설장구 치는 장구잽이에
시집 못 간 처녀 애간장이 녹고
채상모 쓴 소고잽이의 자반뛰기
두 발 날려 달빛을 감아 돌린다

개운한 술국에 막걸리도 넉넉하여
흥에 취해 마당 돌고 술에 취해 마당 돈다
덩실 더덩실 달집 태우다가
정월대보름, 달을 품는다

그러다가는 또 어쩌자고

정월대보름, 달을 두드린다
정월대보름, 달을 덩실 더덩실 두들겨
쇠소리 징소리 장구소리 북소리 소고소릴 낸다

제2부

돌밭

돌밭 윗머리에 집을 앉혔다

땅이 풀리자 지붕이 기울어
겨울이 나가고 있는 것을 알았다

경칩 전에 산개구리가 나와
가을에 심지 못한 차(茶)씨를 세 알씩 묻었다

산수유나무와 매화나무를 얻어
괭이가 먼저 돌밭에 뜨건 꽃을 펑펑 피웠다

도랑에서 길어 나른 물은
돌밭을 돌돌돌, 도로 도랑으로 갔다

산수유 홍매 피어, 돌밭에 오래 머물러주었다

차씨 움틀 날 아득했지만
아내는 자꾸 신 것이 먹고 싶다고 했다

밤비

댓돌 털신에 개구리가 든 밤이다

밤비에 나온 개구리가
덜 깬 겨울잠을 털신에 들어 털고 있는 추운 밤이다

겨울비라고 썼다가 봄비라고 썼다가
겨울비를 긋고 봄비를 긋고, 그냥 밤비나 움츠려 긋는 밤
이다

쓸쓸한 접촉

일 갔다가 편도 일차선 도로에서 사고가 났다 상대편 트럭 네 바퀴 모두 중앙선을 넘어와 내 차를 치고는 다시 중앙선을 넘어갔다 번뜩했다

경찰차가 줄줄이 왔다 상대편 트럭운전수는 내가 트럭을 치고는 다시 중앙선을 넘어갔다고 우겨댔다 아까부터 보고 있던 옆자리 노스님이 운전수 얼굴에 침을 뱉으며 한마디 하신다 야 씨발 개새끼야

상대편 보험회사에서 입원비도 내주고 차도 고쳐주고는 기십만원을 통장에 넣어주었다 마침, 뒷목과 어깨와 엉치뼈는 결린 안부를 전해오고 월급은 석 달째 깜깜무소식인 터이다 몸 푼 아내와 같이 맡겼던 갓난아이 찾으러 처갓집에 가야 할 터이다

장모님 이거 안 받으시면 딸도 외손주딸도 안 데려가요, 암것도 알 리 없는 아내와 세이레 된 어린것을 받아안고 처갓집 나선다 셋이서 살 비비면서 집으로 간다

유랑

백일도 안된 어린것을 밥알처럼 떼어 처가로 보냈다

아내는 서울 금천구 은행나무골목에서 밥벌이한다

가장인 나는 전라도 전주 경기전 뒷길에서 밥벌이한다

한 주일 두 주일 만에 만나 뜨겁고 진 밥알처럼 엉겨붙어
잔다

맛있는 밥

밥벌이한답시고 달포 넘게 비운 집에 든다

아내는 딴소리 없이 아이한테 젖을 물린다
허기진 나는 양푼 가득 밥을 비벼 곱절의 밥을 비운다
젖을 다 먹인 아내가 아이를 안고 몸져눕듯 웃는다
우리 아가 똥기저귀통에 비벼먹으니깐 더 맛있지?

아기도 소갈머리 없는 나도 잘 먹었다고 끄으으, 트림을
한다

오리알

시골집에 가니 노모가 오리알을 내오신다 뭔 오리알이다
요?

아 저 아래짝 평사뜰에 희뜩허니 뭐시 들어왔지 않나 긍
게 뭐시냐 딱 두 해만 오리 키운다고 타관에서 젊은 양반
내외가 들어와서 허는디 동네사람들이 냄새난다고 글까봐
서 그 집서 집집마다 오리알을 안 돌리냐, 마을회관에서는
아예 오리를 대놓고 먹는당게

엄니, 오리알 좀 있습디요?

야야 말도 마라 저번 큰물 때 뚝이 터져가지고 오리고 뭐
고 싹 쓸어가버렸잖냐 그나마 사람 안 쓸어간 게 다행이라
먼 다행이여 그렇잖어도 짠허고 미안혀 죽겄응게 오리알
얘기는 꺼내지도 말그라잉

노닥노닥 놀다가 자려고 눕는데 노모가 방문 앞에서 한
마디 던지신다 달걀이라도 댓 개 쪄주끄나?

배꼽 3

열 달 동안만 입이었던 입
아니, 열 달도 못되게 입이었던 입,
입 벌리고 하품하다
문득, 사십년 전의 입을 만져본다

자궁 안에서만 입이었던 입
이도 잇몸도 없이
과일과 고기를 받아먹던 입
심장을 뛰게 하던 입
엄마를 쪽쪽 빨아
눈 코 입 손 발을 키우던 입
입 한번 연 적 없으나
엄마와 조곤조곤 얘기하던 입,
사십년 전의 입을 내려다본다

이제는 뱃살에 가려진 입
신경 안 쓰면 때가 끼는 입
손가락 하나로도 가려지는 입

입에게 입의 일을 맡기고
입을 꼭 다문 입
입조심할게요, 조아릴 때마다
나도 모르게 두 손 모아 가리던 입,
사십년 전의 입을 간질여본다

손끝으로 간질간질 간지럼 태우니,
뱃살 출렁이며 웃는 입

소낙비

노모는 지팡이 삼아 유모차를 밀고 다닌다
노모가 유모차를 몰고 대문 나서자
딸애가 얼른 유모차에 올라앉는다
노모와 다섯살 딸애는 옥수수밭길을 지나
늙은 은행나무 밑 그늘로 들어선다
평사마을회관 돌담길을 지나
면소재지 점방 쪽으로 점점 멀어져간다
집으로 돌아온 나는
마루에 엎드려 날짜 지난 신문을 읽는다
후다닥 후다다닥,
마당으로 뛰어든 소낙비가 뛰쳐나간다
후다닥 후다다닥 후다닥 후다다닥,
대문 밀치고 나선 나도 우산 들고 뛴다
면소재지 산외한우회관 처마 밑에
노모와 딸애가 소낙비를 피해 서 있다
처마랄 것도 없는 처마는 높고 짧다
노모도 딸애도 유모차도
콘크리트 벽에 붙은 벽보처럼 젖고 있다

딸애가 나를 알아보고는 쭈쭈바를 흔든다
흠씬 젖고 있는 노모와 딸애와 유모차를
산외한우회관 벽에서 떼어 집으로 간다
아내는 소낙비 그친 마당에
옥수수수염을 널고 있다

누에 2

투명 상자에 누에 네 마리가 들어 있다
딸애가 유치원에서 받아온 누에다
뽕잎 두어 장을 누에 상자에 넣어준다
곧 마지막 잠에 들겠구나, 아빠 징그러워요
주먹 쥐고 보던 딸애가 울음을 터뜨린다

뽕나무밭머리 뽕나무를 베어내고 지은 흙집에서 살았다
엄니 아부지는 누에섶 같은 그 뽕나무밭집에서
딸 넷과 아들 셋을 쳤다 시름시름 앓다 시들어
돌무덤으로 간 큰성을 빼고 나는 이 집의 다섯째다

우리 조무래기들은 뽕나무밭집의 누에들이었다
정읍 산내(山內) 능다리재 너머
앞을 봐도 뒤를 봐도 또 옆을 봐도 산만 보이던 마을
뽕나무밭집 여섯 누에들은 뽕잎 같은 날들을
사각사각 갉아먹으며 그냥저냥 잘 자랐다
갉아먹다 갉아먹다 갉아먹을 게 없으면
엄니 아부지 속도 박박 갉아먹으며 자랐다 때론

눈물도 나눠 갉아먹고 지독한 빚도 나눠 갉아먹었다

아부지는 옛 밤처럼 캄캄해진 지 오래고
칠순 넘긴 엄니는 고치같이 좁고 둥근 길을 돌아
뽕나무밭집 근처 빈집으로 터를 옮겼다

네 마리 누에가 실을 토해 고치를 지었다
딸애 손에 고치를 들려 유치원 보낸다
근데 아빠, 누에들은 다 어디로 갔어?

엄니 벨일 없지라이, 요번에도 또 못 내려갈 것 가튼디요

소똥

소 먹이는 영정이가
소똥 한 트럭 싣고 왔다

삼년 묵혀 말린 소똥이란다
그래서일까, 고슬고슬한
소똥에서 똥내가 나지 않는다
아니다, 이제 내 똥이니까
똥오줌 냄새가 나지 않는다

텃밭 앞에 받아둔 소똥을 낸다

얼갈이배추 고랑에도 내고
열무 아욱 대파 고랑에도 낸다
호박 구덩이에도 한 삽
오이 구덩이에도 한 삽,
한 삽씩 내다 서운해서
한 삽씩 더 보태어 낸다

소똥 내던 삽자루 놓고
두 주 만에 처가에 간다

길이 어지간히 막혀
처가 식구들조차 늦은 밥상을 받는다

딸애 봐주시는 장모님이
네살 딸애가 싼 오줌을 받아
옥상 스티로폼 상자에서 키웠다는
쑥갓과 상추를 내놓으신다

풋것이 하도 쌉싸래하고 달아
어린것이 벌써 애비를 먹이는구나, 생각다가
한참 소똥 얘기를 늘어놓는데,

모두가 숟가락 내려놓고 내 입만 보고 있다

해바라기 씨(氏)

　방이 몇개냐, 전화가 왔다 빈 벽이 있느냐고도 물어왔다
아홉 평 좀 못되는 컨테이너집이라고 나는 대답했다 따로
만나 막걸리 한잔 마신 적 없고 국밥 한 그릇 먹은 적 없는
유종화 선생 목소리였다 살 만하냐고 안부전화를 넣거나
받은 적도 없이 선생과 나는 겨우, 서로 책 한 권씩 보내 읽
은 사이다

　언젠가 노래하는 시인 유종화 선생의 아내가 죽었다는
소식을 들었다 아내를 잃은 그가 끼니도 일터도 버리고 반
송장이 되어간다는 것이다 가슴이 먹먹했다 얼마나 지독하
게 사랑하면 그처럼 서슴없이 막장에 닿을 수 있을까 솔직
히 나는 그의 순정한 사랑이 부럽기까지 했다

　바람 한 점 없는 춘분, 천권의 책을 뺐다 트럭을 불러 손
때 묻은 그의 책과 책장을 모조리 뺐다 그가 내주는 밥을
된장국에 말아 우걱우걱 넘겼다 그는 내게 끼니를 내주고
는 물 한 모금 마시지 않았다 다만, 책을 뜻있게 쓰고 싶어
나에게 보낸다는 말을 건네면서 어떤 다짐처럼 웃었다

그러다가는 머쓱해하는 내 어깨를 툭, 건들었다 좋은 시
쓰면 되지 뭘, 졸지에 나는 좋은 시를 써야 하는 시인이 되
고 말았다 그는 학교에 다시 나가 국어를 가르칠 것이며 뜬
금없이 해바라기를 심고 싶다면서 가슴 벅차했다 눈이 시
고 혀끝이 비릿하게 짜왔다 그의 아내가 간 지 벌써, 십년
이다

감나무

마늘밭귀에 감나무 한 그루 있다

까마득 죽은 줄 알았던 감나무
봄 지나도록 깜깜무소식이더니
여름이 되어서야 겨우
이파리 몇잎 싱겁게 올리다 그만둔다

감나무 밑동에 고들고들 말린
닭똥거름과 소똥거름을 낸다
기름기 많은 흙도 다독다독 보태고
따로 거름도 사다 부어준다
장미농사 짓는 형한테서
영양액을 통말로 얻어다 부어주기도 한다

누구는 쇠한 감나무를 베어내고
튼실한 묘목을 심으라 했고
누구는 가망 없으니 헛심 그만 빼라 조언했다
오랫동안 잎을 틔우지 못한 윗가지들은 썩어

겨울바람에 툭툭 힘없이 부러져나갔다

다시, 봄이다
마늘밭귀 감나무가 살아난다
대봉시도 단감도 먹감도 아닌
그냥저냥 따먹는 감을 매달았다던 감나무
두 해 전 늦가을에 집을 얻어 이사올 적엔
내 감나무인 줄만 알았던 추레한 감나무
허나, 먼 서울에 주인이 따로 있는 감나무
감잎이 푸릇푸릇 돋아난다

내 것이 아니어서 더 다디단 감을 매달 감나무

참깨 차비

할머니 한 분이 들어와 문 앞에 어정쩡 앉으신다
처음 뵈는 것 같기도 하고 어디선가 뵌 것 같기도 한,
족히 여든은 넘어 뵈는 얼굴이다
아침잠이 덜 깬 나는, 누구시지? 내가 무얼 잘못했나?
영문도 모른 채 뒷머리만 긁적긁적, 안으로 드시라 했다

할머니는 불쑥 발을 꺼내 보여주신다
흉터 들어앉은 복사뼈를 만지신다
그제야 생각난다, 언제였을까
할머니를 인근 면소재지 병원에 태워다드린 일,
시간버스 놓친 할머니만 동그마니 앉아 있던 정류장,
펄펄 끓는 물솥을 엎질러 된통 데었다던 푸념,
탁구공 같은 물집이 방울방울 잡혀 있던 작은 발, 생각
난다
근처 칠보파출소에 들어가 할머니 진료가 끝나면
꼭 좀 모셔다드리라 했던 부탁,
할머니는 한 됫박이나 될 성싶은
참깨 한 봉지를 내 앞으로 민다

까마득 잊은 참깨 차비를 낸다
얼결에 한 됫박 참깨 차비를 받는다

지팡이 앞세우고 물어물어,
우리집을 알아내는 데 족히 일년이 넘게 걸렸단다
대체 우리는 몇가마니나 되는 참깨를 들쳐메고
누군가의 집을 찾아나서야 하나?
받은 참깨 한 봉지 들고 파출소로 간다

설을 쇠다

　아버지랑 큰집에 설을 쇠러 갔다가 작은할아버지, 작은 작은할아버지 집에 세배를 갔다 제법 클 때까지도 돈이 뭔지 몰랐던 나한테는 두 개 혹은 세 개씩 단추 세뱃돈을 쥐여줬었다며 웃으셨다 단추동전을 받아든 나는 좋아서 펄쩍펄쩍 뛰었다고 한다 이런! 작은할아버지도, 작은작은할아버지도, 큰아버지도, 아버지도, 단추처럼 사라진 지 오래다

닭값

대혁이성은 마을 어귀 밤나무숲에 닭을 풀어 먹인다 살쾡이가 내려오는 것도 아닌데 닭은 한 마리 한 마리 줄어갔다 왕밤 같은 별이 투둑 쏟아지는 늦여름 밤, 닭서리꾼을 잡았다 뒷덜미를 채고 보니 농사 잘 짓고 부지런하기로 소문난 소금실양반이다 닭값을 물릴 수도 부아를 낼 수도 없는 한동네 환갑어른이다

다음날 새벽부터 대혁이성네 땅버들 논두렁과 밭두렁 우거진 풀이 시원시원 깎여나갔다 동네 진입로며 마을 안길 가녘의 수북한 풀도 덤으로 시원시원 깎여나갔다 소금실양반 손에서 앵앵거리던 예초기 소리는 초저녁 왕별이 앵앵뜰 때야 조용해졌다

닭 한 마리 값으로는 후하고 없어진 닭 마릿수로는 모자란 값이었으나, 뱃속으로 들어간 닭 한 마리가 논두렁과 밭두렁과 동네길 풀까지 되게 쳤는지 여러 마리 닭이 힘을 나누어 설렁설렁 쳤는지는 당최 알 수 없는 노릇이었다

선지개떡

한촌에 살았던 빼빼 마른 외할머니가
돼지피 한 바가지를 얻어오셨다

소란스러워진 아궁이에 검불이 피워지고
물 위에 쟁반을 띄운 솥단지는 뜨거워져갔다
어머니는 김이 훅훅 솟는 솥뚜껑 옆으로 밀고
양은쟁반 넘치게 쪄진 검붉은 개떡을 꺼내셨다
칼로 금을 그어 자른 선지개떡,
우리는 손등으로 콧물 닦아내며 먹었다

박서방은 여적 소식 없쟈? 마루에 나앉은
외할머니 목소리가 문턱을 나직하게 넘어왔다
한참이나 말이 없던 어머니의 뒷모습은
논두렁길 건너 신작로 쪽으로 기울어 있었다
방에서 나간 누이는 지팡이와 빈 바가지를
외할머니 손에 버릇없이 내밀어댔다

마당에는 치매밭골에서 쪄온 생나무 가지들이

건성건성 말려지고 있었고 선지처럼

말캉대는 집 앞 방죽에는 초겨울 미나리가

부지깽이 맞은 누이의 종아리처럼 파랗기도 하였다

보살

금구 쇠게들녘, 나지막한 구성산 끝자락에는 밤골이 있
다 가시 송송한 밤송이들이 따끔따끔 밟힐 것 같은 이 골짝
때죽나무집에는 해진 털신 한 켤레와 보살이라 불리는 늙
숙한 누렁개가 부처도 없는 절간을 지키며 산다

댓가지 얼기설기 엮인 사립문 열어두고 있는 낡은 흙집,
언제나 그러하듯 토방 위로 내어걸린 전등불 밑에는 앳된
사내가 둥그렇게 나앉아 있고 늙숙한 누렁개가 먼저 알은
체한다

무를 깎아내고 밤고구마를 쪄내는 찬 밤이 포근포근 지
나갔다 장가도 안 든 손으로 새큼한 김칫국 냄새를 방으로
밀어넣어 아침잠을 털게 하는 유강희가 사는 집, 나서려는
데 신발이 뵈지 않는다

한참을 찾다보니 신발 한 짝은 물고랑 낙엽 더미 밑에
또 한 짝은 개집 뒤에 놓여 있다 사내 혼자 적적할 터이니
하룻밤만 더 묵어가시지요,라는 늙숙한 누렁개의 말씀이

띄엄띄엄 놓여 있다

애호

소나무에 호박넝쿨이 올랐다
씨앗 묻은 일도 모종한 일도 없는 호박이다

장정 셋의 하루 품을 빌려 이른 봄에 옮겨온 소나무,
뜬금없이 올라온 호박넝쿨이 솔가지를 덮쳐갔다
일개 호박넝쿨에게 소나무를 내줄 수는 없는 일
줄기를 걷어내려다 보니 애호박 하나가 곧 익겠다

싶어, 애호박 하나만 따고 걷어내기로 맘먹었다
마침맞은 애호박 따려다 보니 넝쿨은 또 애호박을 낳고
고놈만 따내고 걷으려니 애호박은 또 애호박을 내놓는다
소나무조차 솔잎 대신 호박잎을 내다는가, 싶더니 애호

호박넝쿨은 기어이 소나무를 잡아먹고 호박나무가 되
었다

봄날 가고 봄날 온다

이장님 댁 애먼 사과나무 묘목을 깡그리 뜯어먹어 사과
나무 꼬챙이로 만들어놓던 염소 깜순이, 좁은 흙길 풀 뜯어
먹어 우리집으로 드는 흙길을 음메헤에 음메헤에 넓혀주던
깜순이, 뽕잎가지 감잎가지를 꺾어내면 검은 눈 끔뻑끔뻑
짧은 꼬리 툭툭 다가오던 깜순이, 겨우내 철골 개막에서 마
른 콩대와 콩깍지로 버티더니 봄 강변 매실나무 밑에 들어
첫 새끼를 놓는다 혼자 까막까막 산통을 앓고 혼자 까막까
막 새끼를 받고 혼자 까막까막 새끼를 핥아 세워, 봄 강변
매실나무 연분홍 꽃잎이 어메에 어메헤에 어메에 흩날린다

딸의 아들

우리 딸 몇살? 하면
엄지와 검지를 엉성하게 펴는 딸내미가
아들 아들, 하면서 장난을 걸어온다
어디서 그런 말을 배웠쪄? 하면 또
아들 아들, 까무러칠 듯 까르르
뒷걸음치다가는 까르르까르르 안겨온다

아빠가 우리 딸 아들이야? 물으면
딸애는 더 신이 나서 아들! 아들! 한다
그러면 나는 기꺼이 딸의 아들이 된다
허나, 해 바뀌어 고작 세살배기가 된
딸내미한테까지 내가 아들로 보이다니,
그렇다면 나는 세 여자의 아들?
어쩌다 안부전화라도 걸면 아들! 하면서
반가운 표시를 하는 노모의 아들이고
우리집 큰아들! 하면서 가끔 놀리는
아내의 철없는 아들이다
여기에 딸내미까지 날 아들이라 부르니

난 졸지에 어머니가 셋이다

하긴 아빠라는 어깨 눌리는 말보다
그냥 아들이라 불리는 것이 나쁘지만은 않다
애비 노릇을 못하면 측은한 애비가 되지만
아들 노릇은 좀 못해도 그냥 아들이니까
아들 아들, 장난 걸어오는 딸의 아들이 되어
애비 노릇 하는 것도 나쁘진 않겠다

제3부

신혼가구의 힘

신혼의 행복은 가구에서 나온다
새로 들인 푹신푹신 침대와 안락한 소파
화장대 식탁 장롱 책장 같은 가구의 위대한 힘,
신혼부부는 새 가구에서 나오는 본드냄새의 힘으로 산다
(가구를 많이 들일수록 신혼은 행복하다)
좋아? 침대 스프링을 타고 솟구치는
본드냄새가 신혼 밤을 오르가슴에 닿게 한다
여기서? 소파에 앉아 쉬는 동안에도
엉덩이에 눌린 무게만큼의 본드냄새가 올라와 둘을 붙
인다
시집가더니 더 예뻐졌네? 가구냄새에 취해,
(온갖 상념이 사라졌으니 얼굴에 화색이 도는 건 당연
하다)
내가 봐도 쎅시해! 화장대 거울 앞에 앉아
입술을 혀로 감아 돌리는 요염한 본드냄새
밥 먹다 말고? 식탁에 차려진 근육질 본드냄새의 힘 같은,
신혼가구의 힘 덕에 신혼은 행복하다 못해 혼몽하다
가구의 위대한 힘이 점점 빠져나가면

결혼의 환상은 머지않아 깨지고 곧 권태기가 온다
피곤해 먼저 자, 곧잘 잠을 설치고 밥맛을 잃고
사는 것도 딱히 재미가 없어지고 얼굴까지 까칠해진다
말도 신경질적으로 나가서 툭하면 다투고 싸운다
(우선 가구의 위치를 옮겨, 남은 본드냄새를 마저 마신다
침대를 바꾼다거나 소파를 새로 들인다거나 하여
새 가구의 위대한 힘을 빌리면 권태기는 사라진다)
아직도 신혼이구나, 하는 말은
아직도 가구냄새가 다 안 빠졌구나, 하는 말과 같다
신혼의 행복은 가구의 위대한 힘에서 나온다

어쩌다

어쩌다,
안부나 물어오던 후배가 찾아왔다
묻지 말고, 기십만원만 빌려달란다
오죽했으면 날 찾아왔을까, 띄엄띄엄
원고료 모은 돈 있어서 없는 형편에 빌려줬다

고마워요 선배, 선배 덕분에 애 잘 지웠어요

어쩌다,
취하면 전화 걸어오는 후배가 연락해왔다
묻지 말고, 기십만원만 빌려달란다
오죽하면 나한테 손을 벌리겠는가, 띄엄띄엄
원고료 모은 돈 있어서 없는 형편에 빌려줬다

고마워 형, 형 덕에 애 지우고 겨우 헤어졌어

어쩌다,
월간지 계간지에 시 넘기면서 말미에 쓴다
원고료는 정기구독으로 대체해주세요

밥벌이

  딱따구리 한 마리가 뒤통수를 있는 힘껏 뒤로 제꼈다가
괴목(槐木)을 내리찍는다 딱 딱 딱 딱딱 딱 딱딱, 주둥이가
픽픽 돌아가건 말건 뒷골이 울려 쏙 빠지건 말건 한 마리
벌레를 위하여 아니, 한 마리 버러지가 되지 않기 위하여
아니, 한 끼 끼니를 위하여 산 입을 울리고 골을 울린다

밥그릇

쇳소리가 새벽부터 고막을 친다
귓바퀴 굴려보니 뒤꼍 쪽이다

어머니가 코딱지만한 밭에
밥그릇을 엎어 박고 있다 해장부텀 뭣 허요?
뭣 허긴 뭣 허냐 꼬치 심을라고 비닐이 뚫제
고추 모종하려고 깔아놓은 멀칭비닐 위에
쇠밥그릇 뒤집어 올려놓고는 손벽돌로 내리치신다
칭칭칭, 비닐 뚫고 들어가 박힌 쇠밥그릇 빼내니
고추모 심을 구멍이 기막히다

똑같은 간격으로 뚫린 둥근 구멍들,
영락없는 밥그릇이다
풀밭에서 텃밭으로 변한 이랑들이
아흔두 개의 밥그릇을 내밀고 있다
밥그릇 나눠준 쇠밥그릇이
고랑에 누워 반짝 웃는다

따뜻한 밥을 담던 일 그만두고
비닐을 뚫는 쇠붙이로 변신한 그릇,
내년 오월이 오기 전에는
어머니께 물려받은 헌 칫솔을 문 채
수돗가에 얌전히 앉아 있을 것이다
검은 양귀비표 염색약을 출렁거리는 날은
한껏 젊어진 어머니를 말똥말똥 올려다볼 것이다

입하(立夏)

새너디할매가 마늘밭 풀을 맨다

일자도 장소도 틀림없이
지난해와 똑같은 날, 똑같은 밭이다
참 신기하기도 하지,

미숫가루 한 그릇 타드리고
쑥떡 한 덩어리 얻어먹는데,
해 지기 전에 비가 칠 것 같다는
한 소식 전해주신다
이런 날 모종이 잘된단다
그래요?

부랴부랴 읍내 종묘상 다녀와서
고추 모종을 한다
가지 모종을 한다
수박 모종을 한다
호박 모종을 한다

단호박 모종도 단단히 한다
어라, 진짜네?

해 지기 전 비가 쳐서
강변에 매어놓은 염소 먼저 들인다

굵은 비 아까워서
물외 모종 심는다
참외 모종 심는다
토마토 모종 심는다
빗방울도 방울방울
방울토마토와 같이 심는다

참 신기하기도 하지,
저녁 무렵 입하 비가
마늘종 뽑는 소리처럼 온다

마늘밭

마늘밭 가에 고들빼기꽃 피었다
삐딱하게 굽은 몸을 틀어세워
저 혼자 피어 있다 가느다란 목 치켜들고,

마늘밭 늙은 여자가 꺾인 허리를 세운다
모퉁이길 돌아온 버스는
정류장을 심드렁 지나가고
늙은 여자는 아까처럼 앉아 마늘밭을 맨다

광주양반이 마늘밭 좀 매달라 해왔으나
오늘은 안된다고 딱 잡아 거절해놓고서는
무슨 심사가 일어, 늙은 여자는
광주양반네 마늘밭 고랑에 나와 풀을 맨다

따끔따끔 볕 따가운 오월 초여드레,
어버이날이 아닌
그냥 이천구년 오월 초여드레
호미같이 늙은 여자가 마늘밭을 맨다

밭매러 나온다는 말도 없이 나와,

광주양반네 마늘밭을 방성골할매 혼자서 맨다
육쪽마늘같이 오지고 매운 새끼들
진즉에 시집장가 다 보낸 늙은 여자가
쫑긋쫑긋 줄기 뻗은 마늘밭 고랑에
희끗희끗한 백발을 넣고 말없이 밭을 맨다

밭가에 샛노란 고들빼기꽃 새침하게 핀
오월 초여드레 마늘밭을
방성골할매 혼자서 따복따복 뺄뺄 맨다

풀

강가에 나가 풀을 벤다

숫돌에 낫을 갈아 풀을 베던,
그 옛날 아버지처럼
강가에 나가 풀을 벤다

왼 무릎 꿇고
오른 무릎 세워
지게를 일으키던 아버지처럼,

바지게 넘치게 꼴을 베어 날라도
변변찮은 학용품 하나 못 대주던
그 시절 내 아버지처럼,

불혹의 나이가 되어
강가에 나가 풀 한 짐 베어온다

풀을 베어다 먹일 암소는 없고

풀을 베어다 풀로 풀을 누른다
고추밭 고랑에 풀을 깔아 풀로 풀을 누른다
생풀로 누를 수 있는 것이
어디 잡풀뿐이겠는가

유월 강가의 풀은
물을 많이 먹어 묵직하다

풀 한 짐 더 하러 강가에 나간다

살구나무 변소

부안 감다리집 마당에는
살구나무 변소가 있는데요

볼일 보러 변소로 가면
살구나무가 치마 내리는 것을 훔쳐보다가는요
엉덩이 까고 후딱 앉으면요 후딱
시치미 떼고 서 있는 엉큼한 살구나무가
한눈에 들어오는 변소가 있는데요
안 쳐다본 척하다가는요
볼일 다 보고 치마 올리고 일어서는 순간에요
후딱 변소 안을 들여다보는 엉큼한 살구나무가 있는데요

네 칸 널빤지 조각을 대어 변소 문짝을 만들었다가는요
뜬금없이 위쪽 한 칸을 떼어내고는
오살헐 살구나무 풍경을 덧대놓은 것이 문제는 문제이겠
지만요

그보담은 오살헐 살구나무와 은근한 뭣을 즐기기라도

하듯

　살구나무 변소를 찾는 사람도 문제는 문제인데요

　그니깐, 죽으면 죽었지 살구나무 변소에는
　얼씬도 못할 줄 알았던 서울내기 제 색시가요
　구린내 나는 살구나무 변소를 갔다 오더니만요
　살구나무 변소 참 좋다, 하는 것도 문제는 큰 문제이겠
지요

　알고 보면, 살구나무 변소는요
　부안 감다리에 사는 울 어머니 작품이기도 하지요

염소고집

살구나무집 노모는 염소를 친다 네 마리를 먹인다 겨우내 콩줄기며 배추시래기를 바지런히 먹인다

살구나무집엔 짐승을 기르던 터가 제법 널찍하다 해서, 옆집 아주머니가 암염소 한 마리를 잠시 맡겼단다 한 마리만 넣고 보니 어째 좀 짠해 보이던 차에 염소를 성가셔하던 이웃이 있어 뿔이 큰 수컷도 잠시 맡았단다 수컷이 들어오니 새끼를 배면 곧 가져가겠다던 먼 동네 이웃들이 있어 암염소 두 마리도 맡았단다

헌데, 겨울이 가고 살구꽃이 져도 염소는 노모 집에 갈 때마다 어째 그대로다, 아니다 배불뚝이 암염소들이 새끼를 줄줄이 쳐서 염소가 그새 여덟이다 그나저나, 엄니 몫은 몇 마리다요? 내 몫은 무신 내 몫? 다 쥔이 있는디…… 가만 보니 노모는 그렇게 가지 말라는 날일을 가서도 품삯을 받아오지 않는다

염소만 뿔나는가, 나도 뿔난다

산사(山寺)

배롱나무 그늘 늘어진 절간
요사 마루엔 노스님이 낮잠에 빠져 있다

흙벽에 삐딱하게 기댄 호미와 괭이는
흙범벅이 된 몸을 건성건성 말리고 있다

코빼기도 없는 고무신이 삐죽
흙 묻은 코빼기를 내미는 절간,

연잎에 엎드린 청개구리만
목탁을 두 개나 들고 예불을 드리고 있다

노스님 몫까지 하느라고
울음주머니 목탁을 불퉁불퉁 두드리고 있다

고라니뼈

강변을 걷다가 본다
살점이 죄 발린 고라니뼈,
두개골부터 목뼈 등뼈 뒷다리뼈까지
흐트러짐 하나 없이 가지런하다
앞다리 두 개만 따로 으깨져 잘려나갔다

뼈마디마다 박혀 있는 검붉은 핏기,
어젯밤이거나 그저께 적어도 그끄저께 밤쯤에
변을 당했다는 걸 증명해주고 있다
발자국 어지러운 강변을 따라
고라니털이 뭉텅뭉텅 수북수북 뽑혀 있다

필시, 고라니는 물 마시러 왔다가 당했을 것이다
하필, 어떤 산짐승의 끼니때와 겹쳐서 당했을 것이다
배고픈 살쾡이나 너구리나 담비 무리
혹은, 굶주린 여우나 늑대의 식사시간

고라니가 물 한 모금 마시러 온 시간

어떤 산짐승이 끼닛거리를 노리는 시간
물 한 모금과 목숨이 아무렇게나 뒤엉킨 시간
끝내 고라니 편이 되어주지 않은 시간,

턱뼈에 붙은 송곳니가
이미 잘못 지나간 끔찍한 시간을 물고 있다

그물

깊은 밤, 누군가 그물을 걷고 있었다

그물코에 걸려 올라온 달빛이
뱃머리에서 차랑차랑 쏟아졌다
물고기잡이가 금지된
상수원보호구역에서 그물질을?
얼른 나는 강가 바위틈에 몸을 숨겼다

며칠 뒤 또, 그 며칠 뒤 또
야심한 밤에 그물질하는 남자를 목격했다
윗마을 청암양반이라는 사람이 틀림없었다
아 알 만한 사람이 몰래 불법어로를?

욕지거리로 따질까 하다가
신고라도 할까 하다가 참고 또 참았다

읍내 밥집에 갔다가 그 양반 얘길 들었다
청암양반은 큰 수술까지 한 아내를 더는

손쓰지 못하고 집으로 데려왔다고 했다
논뙈기 밭뙈기도 시원찮게 넘겼단다

하도 누워 있어서 등짝이 된통 짓물렀다는
말에서 나는 그만 밥숟갈을 놓았다
잔기침 탓에 밥술 뜨는 것조차 시원치 않아
잉어든 붕어든 닥치는 대로 고아 먹였으리

청암양반 따라 나도 불법어로에 나서고 싶었지만
곧 그물은 치지 않아도 되었다

중닭

집 아래 억새방죽 가에
중닭 이백 마리가 들여졌다
토종닭이 될 중닭이어서
어지간히 비싸게 들였다고 한다
모이 덜 주고 야생으로 키울 거란다
이장님 댁 막내아들, 장가갈 밑천이다

대충 지어진 비닐막사에서 나온
중닭들은 오종종 몰려다니며
닥나무 언덕과 우리집 앞을 오간다
날벌레와 지렁이를 쪼아대고
묵은 콩대 더미와 깻대 더미를 파헤친다

중닭들은 금방금방 닭 꼴을 갖춰간다
헌데, 닭이 다 되어가는 중닭들이 없어진단다
처음엔 그냥 몇마리 잃는가 싶더니
스무 마리 서른 마리도 넘게 없어졌단다

닭장 코앞이 우리집이라는 것만으로
나까지도 의심의 대상이 되어갔다
닭 잡아먹을 위인은 못된다는 이유로
나는 의심의 대상에서 점차 제외되는 듯했지만,
여간 기분 나쁘고 찜찜한 게 아니다

급기야 보초를 자처한 나는
억새방죽 가 풀숲이 술렁이는 걸 목격했다
젊은 사람 셋을 휴대전화로 불러
중닭 채가는 너구리를 잡았다
웬걸, 잡고 보니 오동통은커녕 비쩍 야윈 너구리다
이장님 댁 막내아들은 고개만 갸우뚱갸우뚱,
중닭을 죄 잡아먹은 너구리는 절대 아닐 거란다
젠장, 내가 봐도
마흔 마리 가까운 중닭을 먹은 놈이라기엔
너무도 쇠약해 보이는 너구리다
그럼 또 나요?

풀 잡기

올해만큼은 풀을 잡아보겠다고 풀을 몬다

고추밭 파밭 가장자리로, 도라지밭 녹차밭 가장자리로
풀을 몬다

호미자루든 괭이자루든 낫자루든 잡히는 대로 들고 몬다

살살 살살살살 몰고 싹싹 싹싹싹싹 몬다

팔 다리 어깨 허리 무릎, 온몸이 쑤시게 틈날 때마다 몬다

봄부터 이짝저짝 몰리던 풀이 여름이 되면서, 되레 나를
몬다

풀을 잡기는커녕 되레 풀한테 몰린 나는

고추밭 파밭 도라지밭 녹차밭 뒷마당까지도 풀에게 깡그
리 내주고는

두 손 두 발 다 들고 낮잠이나 몬다

홍원항

　홍원항은 늙은 작부다 소주 한 병 더 달라는 사내의 말을
무시한 채 욕설 가득 퍼담은 뜨거운 국밥을 넌지시 밀어놓
고 담배에 불을 댕겨 무는 늙은 작부다 한때 밤마다 몇송이
고 피워올리던 해당화, 잔뿌리조차 말라버린 지 오래인 음
부를 가진 늙은 작부다 새벽 갯바람에 미닫이문이라도 덜
컹거리면 딱히 기다리는 사람도 올 사람도 없는데 습관처
럼 문을 열어보는 늙은 작부다 속 쓰린 사내들에게 꿀물을
타준 적은 뭇별처럼 많아도 정작 자신의 뒤틀리는 속을 위
해서는 꿀물을 한번도 타본 적이 없는 늙은 작부다 홍원항
은 늙은 작부다 극약 같은 사랑이나, 폐선처럼 쓸쓸한 세월
이나, 용서할 수 없을 것 같은 배신이나, 막막한 쓸쓸함과
그리움이나, 어떤 말로도 치유될 수 없을 것 같은 상처들을
주저리주저리 꺼내며 나는 늙은 작부와 단둘이 마주앉아
술잔을 기울이고 싶다 삼켜서는 안될 초승달을 삼켜 배앓
이를 해야 했던 얘기와 대책없이 쏟아지는 압정별에 눈을
찔려 충혈되어야만 했던 얘기를 시작으로 늙은 작부와 대
작하고 싶다 술을 마시다 말고 내가 어깨를 들썩이며 훌쩍
거리면 늙은 작부는 내게 지나온 내력을 풀어내며 왜 나이

를 먹을수록 쌉쌀한 음식을 좋아하게 되는지 연거푸 소주 잔을 비우며 말해주겠지 자꾸 엉켜가는 혀로 엉킨 그물 같은 삶을 풀어내겠지 그러다가 늙은 작부는 한숨을 쉬듯 세월이 약이라는 식상한 말로 나를 위로하며 내 등을 아무렇지 않게 툭툭 치겠지 하지만 그렇듯 식상하고 극히 상투적인 대답도 아침저녁으로 색색의 알약을 삼키지 않으면 생이 위태로워지는 늙은 작부가 말한다면 어떤 위로의 말보다 가슴에 와닿겠지 잘도 들어앉던 아이를 마지막으로 떼낸 뒤로 아픈 자궁에 쓸쓸한 바다를 가득 채워넣어야만 했던 늙은 작부가 말한다면, 나는 그 늙은 작부의 손을 잡고 별과 달이 취해 떨어질 때까지 술잔을 기울이고 싶다 늙은 작부가 마른행주로 내 눈물을 닦아주기를 기다렸다가 나는 애달픈 사랑노래를 불러달라고 칭얼거리고 싶다 젓가락 장단에 맞춰 식은 동태찌개가 제일 먼저 어깨를 들썩거릴 것이고 빈 접시와 빈 그릇들도 금시 흥이 올라 온몸을 달그락거릴 테지만 늙은 작부의 노랫소리는 인적 없는 포구의 바람소리처럼 쓸쓸하게 들리겠지 뜬금없이 나는, 선창가에 버려진 장화가 아무렇게나 신는 신발보다 오히려 쉽게 삭고 헐거워진다는 것에 새삼 놀라며 막무가내로 슬퍼지겠지 늙은 작부 또한 후렴구를 채 부르기도 전에 흐느끼겠지 그 때쯤 나는 술상을 물리고 늙은 작부와 비린내가 풍기는 쪽 방으로 들고 싶다 생선을 담았던 나무상자처럼 비린내 가득한 늙은 작부의 품에 나는 갓 잡아올린 도미처럼 담겨, 등허리로 바닷가 푸른 달빛이 땀을 타고 흘러내릴 때까지 있는 힘껏 파닥거려주고 싶다 거친 파도가 방 안 가득 들어와 철썩철썩, 철썩거리다가 곤한 잠에 빠지겠지 나는 도마 위를 콧노래처럼 지나가는 칼소리나 북어포를 내려치는 방망이소리에 잠을 깨겠지 늙은 작부는 내가 북엇국을 먹는 모습 애써 보지 않는 척 담배에 불을 댕기겠지 한술 뜨고 어여 가

해바라기 2

앞뜰에 해바라기 모종을 한다
깜냥에 밑거름 덧거름 내고
멀칭비닐까지 줄줄이 쳐서 심는다
개울에서 받은 물, 넘치게 준다
한나절 시들하던 해바라기가 고개를 든다

손가락만한 해바라기가 쑥쑥 자란다
내 키도 훌쩍 넘게 쭈욱쭉 크더니
백 개도 넘는 해가 앞뜰에 뜬다
비가 치는 날에도 백 개의 해가 떠서,
잊고 산 사람들이 까마득 그립다

해바라기 불러와 앉혀놓고 밥 먹는다
해바라기 불러와 앉혀놓고 책 읽는다
해바라기 불러와 앉혀놓고 술 마신다

해바라기는 곧 까맣게 지고
오랜 건망증인 듯 백 개의 해를 잊었다

내가 집을 비운 사이
까마득 잊은 까만 해를
형 차 불러 타고 온 노모가 거두어갔다

까마득 잊은 까만 해는
이홉들이 소주병에 담겨왔다
마개를 열면, 백 개의 해가 솟아올라
김 몇 장 구워먹을 때도 밥 비벼먹을 때도
백 송이의 해바라기를 방 안 가득 피워낸다

종점

서울 금천구 시흥동 은행나무길 범일운수 종점에서 나는
내린다

종점 트럭행상에서 귤 한 봉다리 사서 집으로 간다
산골 종점에서 태어난 나는 서른일곱 먹도록
서울은 다 같은 서울이니까 서울엔 종점 같은 건 없는 줄
알았다

종점만 아니라면 어디든 상관없다고 오래전 뛰쳐나와
다시 종점, 집으로 간다

"별말 없이"도 따뜻하고 아름다운

하상일

1

요즘 들어 시를 읽는 일이 여간 괴롭고 힘든 일이 아니다. 더군다나 지난한 독서의 과정을 거쳐 한 편의 평문이라도 써야 할 때면, 너무도 낯설고 기괴한 시의 언어와 구조 앞에서 속수무책일 때가 많다. 정작 평론가인 나 자신조차도 시를 온전히 이해하지 못하면서, 독자들에게 시의 숨은 의미를 밝혀낸 것처럼 능청스럽게 평문을 써야 한다는 사실은 심한 자괴감을 느끼게 한다. 이럴 때면 나는 시란 무엇인가 혹은 시는 어떻게 읽어야 하는가와 같은 가장 근본적인 물음을 던지지 않을 수 없다. 오늘날 시의 위상과 의미가 특정한 언어와 구조를 이해한 전제 위에서 공유되는 것이 일반화되었고, 생활과 현실이 사라진 자리에서 지식인의 위계적 언어가 시의 본질적 운명을 압도하고 있다는 점을 생각할 때, 지금 시란 무엇이며 누구를 위해 존재해야 하는가를 진지하게 묻는 것은 가장 현실적인 문제제기가 된다고 할 수 있기 때문이다.

박성우의 『자두나무 정류장』은 이러한 근본적인 질문들을 풀어가는 데 여러가지 실마리를 제공해준다. 그의 시는 경제적 이해관계로 도식화된 자본주의의 병폐와 계몽과 이성에 의해 도구화된 합리주의의 횡포에 대한 저항적 실천으로서의 서정의 현재와 미래를 명확히 보여준다. 또한 지식인의 관념에 갇혀 생활과 현실의 모습을 놓쳐버린 요즘 우리 시에 일상의 진실과 생명의 본성에 대한 탐구를 불러일으킨다는 점에서도 중요한 의의를 지닌다. 게다가 박성우의 시는 자본과 문명에 대한 성찰을 추상적이고 관념적인 언어에 기대어 구조화하지 않고, 어떠한 논리도 지식도 필요치 않은 '생활'과 '생명' 그 자체를 사실 그대로 보여준다는 데 특별한 의미가 있다. 즉 기계적이고 인공적인 언어가 낯설고 기괴한 풍경 안에서 장황한 요설을 뿜어내는 것이 최근 우리 시 일부의 모습이라면, 박성우의 시는 이러한 첨단의 감각과는 무관하게 오히려 너무도 순진하고 촌스럽고 어리숙한 모습을 꾸밈없이 드러내고 있을 뿐이다. 그래서 그의 시에는 어느 누가 읽어도 쉽고 편안하게 다가설 수 있는 친숙함이 깊게 배어 있다. 박성우는 문학 가운데 시가 가장 어렵다고 생각하는 청소년들에게 "그저, 신나고 재미있게 읽어주시길. 눈시울이 빨개졌다가도 금시 행복해지시길. 시 앞에서 쩔쩔매던 지난날에게 한 방 먹여주시길"(『난빨강』, 124면)이라고 말한 적이 있다. 아마도 이 말은 청소년뿐만 아니라 시를 읽는 독자 모두에게 하고 싶은 그의 시론이 아닐까 싶다. 여전히 시 앞에서 쩔쩔매는 독자들에게 "별말 없이"(「별말 없이」)도 따뜻하고 아름다운 세계를 전해주고 싶은 마음, 박성우의 시는 바로 이러한 생각으로 "느릿느릿 쟁기를 끌던 황순이"(「일소」)처럼 그렇게 걸어가고자 하는 것이다.

2

지금까지 박성우의 시는 자본과 문명이 해체한 가족공동체의 회복을 일관되게 지향해왔다. 그에게 가족은 개인주의의 만연과 파편화된 세계를 극복하는 통합의 가치를 의미한다. 즉 가족공동체의 회복은 차별과 분별의 문명적 세계를 넘어서는 조화와 통일의 동일성 세계를 구현한다는 점에서 서정시가 추구해야 할 가장 이상적인 지향점이라고 인식했던 것이다. 게다가 그의 시는 가족을 '아버지의 부재'로부터 비롯된 가난을 중심으로 형상화하며, 이러한 상처의 근본적 원인이 가족 내부의 갈등과 모순에 있는 것이 아니라 우리 사회의 구조적 모순에 있음을 직시한다는 점에서 현실비판적 성격을 분명히 드러낸다. 이는 자칫 가족주의가 체제를 합리화하는 현실순응적 태도에 매몰될 수도 있음을 의식한 비판적 자기성찰의 결과라고 할 수 있다.

그런데 이번 시집에서 가족공동체의 모습은 가족의 울타리를 넘어서 농경문화의 전통에 깊숙이 뿌리내리고 있다는 점에서 좀더 특별한 의미를 지닌다. 인간의 성장과 성숙을 도시적 시공간으로의 진입을 통해서 실현하고자 하는 것이 근대적 욕망이라면, 이제는 지나온 길을 돌이켜 오히려 도시적 시공간을 거슬러가는 데서 더욱 성숙한 삶의 모습을 발견할 수 있다고 보는 것이다. 그곳에는 주체와 타자를 구분하는 경계도 없고, 이익과 손해를 따져묻는 계산도 무의미하다. 그저 한 사람이 먼저 베풀면 다른 사람이 보답하고, 그 보답이 계속해서 또다른 보답으로 이어지는, 시작도 끝도 없는 베풂과 어울림이 있을 뿐이다. 「어떤 품앗이」는 이러한 농경문화의 전통을 가족공동체의 확장된 모습으로 전해준다.

구복리양반 돌아가셨다 그만 울어, 두말없이
한천댁과 청동댁이 구복리댁 집으로 가서 몇날 며칠

자췄다

　구년 뒤, 한천양반 돌아가셨다 그만 울어, 두말없이
　구복리댁과 청동댁이 한천댁 집으로 가서 몇날 며칠
자췄다

　다시 십일년 뒤, 청동양반 돌아가셨다 그만 울어, 두말
없이
　구복리댁과 한천댁이 청동댁 집으로 가서 몇날 며칠
자췄다

　연속극 켜놓고 간간이 얘기하다 자는 게 전부라고들
했다

　자식새끼들 후다닥 왔다 후다닥 가는 명절 뒤 밤에도
　이 별스런 품앗이는 소쩍새 울음처럼 이어지곤 하는데,

　구복리댁은 울 큰어매고 청동댁은 내 친구 수열이 어
매고
　한천댁은 울 어매다
—「어떤 품앗이」 전문

"이 별스런 품앗이"는 "후다닥 왔다 후다닥 가는" "자식 새끼들" 마음으로는 좀처럼 이해하기 힘든 일인지 모른다. 아무리 가까운 친척일지라도 내 집이 아닌 이상 먹고 자는 일에서부터 불편한 일이 한두 가지가 아닐 거라는 계산이 앞서는 것은 당연하다. 어쩌면 자식새끼들은 "연속극 켜놓고 간간이 얘기하다 자는 게 전부"인데 굳이 서로 불편하게 왜 그러느냐고 괜한 불평을 늘어놓을지도 모를 일이다. 하지만 그저 "몇날 며칠 자줬다"라는 마음만 있으면 그만이라는 "이 별스런 품앗이"가 "두말없이"도 얼마나 따뜻하고 아름다운 일인지를 모르지는 않을 것이다.

　이처럼 박성우의 시는 공동체의 가치에 깊은 애착을 드러낸다. 이는 콘크리트 벽으로 경계를 나누고 나와 너를 철저하게 구분짓는 도시문화와 이윤 창출을 위한 무한경쟁을 자랑삼는 자본주의 경제논리로는 도저히 다가서기 힘든 마음이다. 그의 시는 자본과 문명을 최선이라고 생각하는 도시의 삶과 문화를 "두말없이" 혹은 "별말 없이"도 너무도 부끄럽게 만드는 힘을 지니고 있다. "펄펄 끓는 물솥을 엎질러 된통 데었다던" 할머니를 병원에 모셔드렸더니 그 보답으로 "족히 일년이 넘게" 집을 수소문하여 "참깨 한 봉지"(「참깨 차비」)를 들고 찾아오신 일, "닭서리꾼"임을 밝혀냈지만 "한동네 환갑어른"이어서 "닭값을 물릴 수도 부아를 낼 수도 없는"데, 다음날부터 닭 주인집 "논두렁과 밭두렁 우거진 풀"과 "동네 진입로며 마을 안길 가녘의 수북한 풀"이 "시원시원 깎여나"(「닭값」)가는 일, "물고기잡이가 금지된/상수원보호구역에서 그물질을" 한 사람이 "윗마을 청암양반"이라는 것을 알았지만, 큰 수술을 한 아내를 위해 "잉어든 붕어든 닥치는 대로 고아 먹였으리"라는 생각에 "청암양반 따라 나도 불법어로에 나서고 싶"(「그물」)은 마음을 두고 굳이 이런저런 말을 덧붙이는 것이 무슨 의미가 있겠는가. 비록 "윗집 할매"가 "내 텃밭에 요소비료를 넘치게 뿌려" "텃밭 상추며 배추 잎이 누렇게 타들어"가더라도 화를 내거나 원망을 하기는커녕 "비울 때가 더 많은 내 집을 일없이 봐주"시는 할머니에게 "콩기름 한 통 사다가 저녁 마루에 두고"(「별말 없이」) 오는 시인의 마음을 따라가지 못하는 필자가 몹시 부끄러울 따름이다.

　이러한 공동체성에 대한 탐구는 자본과 문명에 순응하는 인간 중심의 문화를 근본적으로 성찰하는 문제의식으로 심화된다. 즉 자연과 우주의 섭리 앞에서 모든 인간적 시점을 뒤로한 채 자연 그 자체를 주체로 세움으로써 인간과 자연의 경계를 넘어선 본연의 생명성을 보여주고자 하는 것이다.

　소나무에 호박넝쿨이 올랐다
　씨앗 묻은 일도 모종한 일도 없는 호박이다

장정 셋의 하루 품을 빌려 이른 봄에 옮겨온 소나무,
뜬금없이 올라온 호박넝쿨이 솔가지를 덮쳐갔다
일개 호박넝쿨에게 소나무를 내줄 수는 없는 일
줄기를 걷어내려다 보니 애호박 하나가 곧 익겠다

싶어, 애호박 하나만 따고 걷어내기로 맘먹었다
마침맞은 애호박 따려다 보니 넝쿨은 또 애호박을 낳고
고놈만 따내고 걷으려니 애호박은 또 애호박을 내놓
는다
소나무조차 솔잎 대신 호박잎을 내다는가, 싶더니 애호

호박넝쿨은 기어이 소나무를 잡아먹고 호박나무가 되
었다

──「애호」전문

"씨앗 묻은 일도 모종한 일도 없는"데 "소나무에 호박넝
쿨이 올랐다"는 사실은 말 그대로 "뜬금없이" 벌어진 일이
다. 그렇다고 해서 이를 두고 "일개 호박넝쿨에게 소나무를
내줄 수는 없는 일"이라고 생각하는 것은 철저하게 인간 중
심적인 계산일 뿐이다. "줄기를 걷어내려" 아무리 애를 써
도 이미 "애호박 하나가 곧 익겠다//싶"은 생각만큼은 절대

거스르기 힘들다. 그래서 "애호박 하나만 따내고 걷어내기로 맘먹"어보지만, "애호박은 또 애호박을 내놓"아 인간의 마음을 흔들어놓을 뿐이다. 이처럼 자연의 이치는 생각보다 훨씬 깊고 견고해서 결코 인간의 마음으로는 거스르기힘든 위엄을 지니고 있음을 간과해서는 안된다. 처음부터 소나무와 애호박의 동거를 어울리지 않는 일이라고 생각한 것부터가 인간의 눈으로 본 편견이다. 오히려 이 둘의 부조화를 조화로 이끌어내려는 다른 생각을 가질 필요가 있다. 인간과 자연 혹은 자연과 자연을 구분하고 경계짓는 일은 인간을 가장 우위에 두려는 권력적 시선이다. 하지만 생명의 본성은 자본에 길든 인간의 의도나 계산으로 획일화할 수 없다. 설사 "뜬금없는" 상황일지라도, 인간의 생각대로 자연을 재편하려는 것 자체가 아주 위험한 발상이다. 결국 "호박넝쿨은 기어이 소나무를 잡아먹고 호박나무가 되"는 것이 자연의 섭리다. 혹 이를 두고 그것이 소나무인지 호박나무인지 끝끝내 정체성을 따져묻는다면, 이 또한 구분과 경계에 길든 인간적 사고에서 비롯된 생각이 아닐 수 없다.

이처럼 박성우의 시는 구분과 경계에 익숙한 근대 자본주의의 병폐를 넘어서 근원적 생명성에 토대를 둔 통합적 세계의 진실을 지향한다. 이를 통해 서정시의 본질에 더욱 가까이 다가서고자 하는 것이 그의 시가 일관되게 추구해온 전략이라고 할 수 있다.

열 달 동안만 입이었던 입
아니, 열 달도 못되게 입이었던 입,
입 벌리고 하품하다
문득, 사십년 전의 입을 만져본다

자궁 안에서만 입이었던 입
이도 잇몸도 없이
과일과 고기를 받아먹던 입
심장을 뛰게 하던 입
엄마를 쪽쪽 빨아
눈 코 입 손 발을 키우던 입
입 한번 연 적 없으나
엄마와 조곤조곤 얘기하던 입,
사십년 전의 입을 내려다본다

이제는 뱃살에 가려진 입
신경 안 쓰면 때가 끼는 입
손가락 하나로도 가려지는 입
입에게 입의 일을 맡기고
입을 꼭 다문 입
입조심할게요, 조아릴 때마다

나도 모르게 두 손 모아 가리던 입,
사십년 전의 입을 간질여본다

손끝으로 간질간질 간지럼 태우니,
뱃살 출렁이며 웃는 입

──「배꼽 3」 전문

「배꼽」 연작은 가족에서 공동체로, 농경문화적 상상력에서 생명의 근원에 대한 탐구로 이어져온 그의 시의 흐름을 통합적으로 보여준다. 잘 알다시피 배꼽은 인간의 생명을 이어주는 근원적 상징이다. 비록 "열 달 동안" "자궁 안에서만 입이었"고 지금은 "입에게 입의 일을 맡기고/입을 꼭 다문 입"에 불과하지만, "엄마와 조곤조곤 애기하던 입"의 근원적 기억만큼은 온전히 남아 있다. "우리가 밥 배불리 먹고/배를 문지르는 버릇이 생긴 것"도, "고플 때도 입이 아닌/배를(아니, 정확히 배꼽을) 만져보는 것"(「배꼽 2」)도, "사십년 전의 입"을 기억하려는 무의식적인 몸짓이라고 할 수 있다. 이처럼 배꼽은 수십년 세월에 묻혀 실질적 기능은 다했다 하더라도 생명의 근원을 탐색하는 가장 본질적인 자리라는 점에서 여전히 중요한 의미를 지닌다. 더군다나 박성우의 시에서 배꼽은 자연을 매개로 생명의 본성을 재발견하는 의미를 지닌다는 점에서 더욱 흥미롭다. 또한 "아내랑 아기랑/배꼽마당에 나와 배꼽비 본다"(「배꼽」)에서처럼 엄마와 아이를 이어주는 즐거움을 담아낸다는 점에서 더없이 행복한 표상이 아닐 수 없다. 목젖을 두고 "평소엔 그냥 목젖이었다가/내가 목놓아 울 때/나에게 젖을 물려주는 젖", "가장 깊고 긴 잠에 들어야 할 때/꼬옥 물고 자장자장 잠들라고/엄마가 진즉에 물려준 젖"(「목젖」)이라고 유추하는 것도 이와 같은 인식에서 비롯된 것이다.

이처럼 박성우의 시는 근원적 생명의 자리를 응시하는 남다른 시선을 지니고 있다. 하지만 이와 같은 세계인식이 관념적이거나 추상적이지 않고 자신의 주변에서 일어나는 구체적 일상으로부터 발견된다는 점에서 특별히 주목된다. 게다가 이를 형상화하는 방법으로 서사적 형식과 구조를 도입함으로써 독자들에게 이야기를 들려주는 듯한 친숙함을 제공한다는 점을 기억할 필요가 있다. 그리고 이러한 서사전략은 궁극적으로 주변부적 삶의 지향을 통해 민중적 서정성을 획득하고자 하는 리얼리즘에 바탕을 두고 있기도 하다. 그의 시의 화자나 청자 혹은 인물들이 대부분 우리 주변의 일상인들인 것도 바로 이 때문이다. 그의 시에서 리얼리즘 전략은 화자가 과거의 체험을 객관적으로 보고하거나 지난 일을 회상하는 서술시의 성격을 뚜렷이 보여준다. 여기에서 서사적 구조는 소설의 플롯처럼 완결된 형식을 갖추고 있지는 않더라도, 일상적 삶의 리얼리티를 담아내는 의미 있는 구조로 기능하기에는 충분하다. 박성우의 시가 과거시제를 즐겨 채택하는 것은 이러한 서사적 구조와 아주 밀접하게 연관된다. 즉 이야기적 요소를 지닌 만큼 시간의 흐름은 필수적이므로, 이를 표현하는 데 과거시제는 본질적 요건일 수밖에 없는 것이다. 그의 시가 기억을 현재화하는 방식으로 구조화되는 경우가 두드러진 이유는 바로 여기에 있다.

3

　몇해 전 박성우 시인의 동시집『불량 꽃게』를 받고서 정말 오랜만에 환하게 웃으며 시를 읽었던 적이 있다. 거칠고 딱딱한 비평의 언어에 갇혀 살아온 내게 그의 동시는 소박하지만 꾸밈없는 아름다움 그 자체의 언어가 어떤 것인지를 새삼 일깨워주었다. 사실 시집 자체의 감동보다도 더욱 필자를 놀라게 한 것은, 시집을 담은 봉투에 적힌 '빨강우체통집'이라는 그의 주소였다. 번지나 아파트 동호수와 같은 숫자에 익숙한 필자에게 '빨강우체통집'이라는 주소는 정말 특별한 울림을 안겨주었다. 그리고 사람 발길 드문 시골마을 어딘가에 빨강 우체통이 있는 그의 집 풍경이 예사롭지 않게 떠올랐고, 숫자로만 구분되는 주소에 길든 우체부의 일상에 '빨강우체통집'이라는 주소가 가져다줄 작은 행복을 생각하니 절로 웃음이 나오지 않을 수 없었다. 이번 시집을 읽으면서 그때의 감동에 더해 또 한번 감동이 밀려옴을 느낀 것은, '빨강우체통집'에 "이팝나무 우체국"(「이팝나무 우체국」)도 함께 있음을 알았기 때문이다.

이팝나무 아래 우체국이 있다
빨강 우체통 세우고 우체국을 낸 건 나지만
이팝나무 우체국의 주인은 닭이다
부리를 쪼아 소인을 찍는 일이며
뙤똥뙤똥 편지 배달을 나가는 일이며
파닥파닥 한 소식 걸어오는 일이며
닭들은 종일 우체국 일로 분주하다
이팝나무 우체국 우체부는 다섯이다
수탉 우체국장과 암탉 집배원 넷은
꼬오옥 꼭꼭 꼬옥 꼭꼭꼭, 열심이다
도라지밭길로 부추밭길로 녹차밭길로
흩어졌다가는 앞다투어
이팝나무 우체국으로 돌아온다
꽃에 취해 거드름 피우는 법 없고
눈비 치는 날조차 결근하는 일 없다
때론 밤샘야근도 마다하지 않는다

빨강 우체통에 앉아 꼬박 밤을 새우고
파닥 파다닥 이른 아침 우체국 문을 연다
게으른 내가 일어나거나 말거나
게으른 내가 일을 나가거나 말거나
게으른 내가 늦은 답장을 쓰거나 말거나
이팝나무 우체국 우체부들은
꼬오옥 꼭꼭 꼬옥 꼭꼭꼭, 부지런을 떤다
─「이팝나무 우체국」 전문

「이팝나무 우체국」은 그의 시를 읽는 즐거움을 한껏 펼쳐 보인다. "빨강 우체통 세우고 우체국을 낸 건 나지만/이팝나무 우체국의 주인은 닭"이라는 발상부터가 재미있다. 굳이 시의 주인공이 사람이어야 할 필연성이 없다면, "뙤똥뙤똥" "파닥파닥" "꼬오옥 꼭꼭 꼬옥 꼭꼭꼭" 마당을 활보하는 "수탉 우체국장과 암탉 집배원 넷"을 지켜보는 일은 여간 흐뭇한 일이 아니다. "부리를 쪼아"대는 모습을 "소인을 찍는 일"에 빗대거나, "뙤똥뙤똥" "파닥파닥" 잰걸음을 하는 모습을 "편지 배달을 나가"거나 "한 소식 걸어오는" 것으로 유추하는 것도 참 재미있다. 어쩌면 어른들을 위한 동시 같다는 생각이 들 정도로 잔잔한 감동을 준다. 뿐만 아니라 이번 시집에는 "자두나무 정류장"(「자두나무 정류장」)도 있고 "살구나무 변소"(「살구나무 변소」)도 있다. 이

름을 듣는 것만으로도 행복해지는 느낌처럼, 박성우의 시는 누구에게나 그렇게 다가간다. "자주자주/자두나무 정류장에 간다"는 그의 가벼운 발걸음이 너무도 부럽다. 특별히 중요한 이유가 있어서 정류장을 찾는 것은 아니다. 그저 "비가 오면 비마중/눈이 오면 눈마중/달이 오면 달마중/별이 오면 별마중 간다"는 마음뿐이다. 그의 시는 바쁜 도시의 일상을 잠시 접어둔 채 무작정 찾아가보고 싶은 내면의 풍경을 간직하고 있다. 자본과 문명의 근대적 삶을 무조건 외면할 수 없는 것이 엄연한 현실이라 해도, 그의 시를 읽고 있으면 맹목적인 변화의 속도를 조금은 늦추어도 괜찮지 않을까 하는 생각에 잠기지 않을 수 없다.

지금 우리 시는 '의미의 소통'보다는 '감각의 촉발'을 지향하는 데 집중하고 있는 것이 사실이다. 생활과 현실의 상처와 고통은 커져가는데, 시는 이러한 현실을 감싸안는 공동체의 가치를 보여주기보다는 철저하게 개인화된 내면의 감각으로 점점 더 숨어들고 있다. 인간과 인간을 이어주는 가장 감성적인 소통의 도구인 시조차 이제는 지식인의 산물로 변질되어버린 것 같아 안타까울 따름이다. 어쩌면 박성우의 시는 조금은 상투적이고 진부한 발상과 어법을 지닌 것으로 받아들여질 수도 있을 것이다. 하지만 자본과 문명의 속도를 따라잡기에 분주한 우리 시단의 과잉 언어에도 불구하고 생활과 현실을 중심에 놓고 사유하고 실천하는 일관된 그의 시세계는, 낡고 오래되었지만 오히려 가장 미래지향적인 역설적 의미를 지니고 있음을 간과해서는 안 된다. "정작 자기가/이 동네 마지막 일소인 줄도 모르고/황순이 앞세워 느릿느릿 비탈밭을 간다"는 "늙다리 금수양반"(「일소」)처럼 조금은 어리석고 무심해도 충분히 살아갈 만하다고 생각하는 것, 이것이 바로 박성우의 시가 궁극적으로 지향하는 세계의 모습이다. "별말 없이"도 따뜻하고 아름다운 세계, 아마도 지금 시란 무엇인가 혹은 시는 어떠해야 하는가와 같은 근본적 질문에 대한 대답은 바로 이러한 마음과 생각에서 찾아야 하지 않을까.

河相一 | 문학평론가

어떤 금기처럼
내 방에 들이지 않는 것이 하나 있으니
그것은 바로 거울이다.

나를 온전히 비춰줄 수 있는 것은
오직 내가 쓴 시뿐이므로.

2011년 11월
박성우

창비시선 338

자두나무 정류장

초판 1쇄 발행 / 2011년 11월 25일
초판 12쇄 발행 / 2024년 9월 6일

지은이 / 박성우
펴낸이 / 염종선
책임편집 / 이상술
펴낸곳 / (주)창비
등록 / 1986년 8월 5일 제85호
주소 / 10881 경기도 파주시 회동길 184
전화 / 031-955-3333
팩시밀리 / 영업 031-955-3399 편집 031-955-3400
홈페이지 / www.changbi.com
전자우편 / lit@changbi.com

ISBN 978-89-364-2338-4 03810

* 이 책은 서울문화재단의 2010년도 문예창작기금을 받았습니다.